울어라 실컷, 울어라

황금알 시인선 106

# 울어라 실컷, 울어라

초판발행일 | 2015년 5월 30일

지은이 | 한선자
펴낸곳 | 도서출판 황금알
펴낸이 | 金永馥
선정위원 | 마종기 · 유안진 · 이수익 · 김영승
주 간 | 김영탁
편집실장 | 조경숙
표지디자인 | 칼라박스
주 소 | 110-510 서울시 종로구 동숭동 201-14 청기와빌라2차 104호
물류센타(직송 · 반품) | 100-272 서울시 중구 필동2가 124-6 1F
전 화 | 02)2275-9171
팩 스 | 02)2275-9172
이메일 | tibet21@hanmail.net
홈페이지 | http://goldegg21.com
출판등록 | 2003년 03월 26일(제300-2003-230호)

값은 뒤표지에 있습니다.

ISBN 979-11-86547-01-4-03810

# 울어라 실컷, 울어라

**한선자 시집**

황금알

추수가 끝난 들판에 섰습니다.
고랑 고랑 펼쳐진 행간에는
아직도 생명이 출렁거리던 기억이
따뜻하게 남아 있었습니다

문득 생각했습니다
지나간 기억들 썩어 없어지거나
스스로 익어
열매가 되기도 한다는 것을

추수를 끝내고 밥상을 내놓습니다
이랑 이랑 펼쳐진 마음 밭에는
간이 맞지 않는 음식도 있습니다만
또 하나의 저입니다

# 차 례

## 2부

## 3부

4부

1부

# 자화상

바람보다 빠른 자동차들 사이로
강아지 한 마리 곡예 하듯 건너고 있다

친구들과 어울려 들어간 맥줏집
빈 술병과 마른 북어 사이 마타리꽃 하나 엎어져 있다

아슬아슬한 스물 몇 살의 내가 있다

# 봄 편지 1

답답한 마음 밟아
바닷가에 왔습니다

바람이 불어 올 때마다
내 몸 어딘가에
생채기 같은 잎사귀 돋아납니다
부치지 못하고 말라버린
편지 많아질까 두렵습니다

바람 따라 넘어 온 파도가
어렵게 써 놓은 그대 이름
모른 척 지워버립니다
내 몸 어딘가에 새겨져
끝끝내 지우지 못하는
봄이 올까 무섭습니다

# 봄 편지 2

눈감아 더 또렷하게
그대 떠올릴 수 있기에
비오는 날 계속 되어도 괜찮다
수묵처럼 그리움 번지는
맑은 술잔에 그대 얼굴 띄우고
마냥 외로워 행복하겠다
술이 거나해지면 그대 사랑한다고
혹, 고백할지도.

봄비 내리는
유리창에 흘림체 연서를 쓴다

# 그리움

내 몸 속을 멋대로 떠돌고 있는 악성종양
때때로 내 몸 어딘가를 날카롭게 긋고 가는,

## 사랑

시를 쓰려고
책상에 앉았는데
마음은 온통
당신뿐입니다

내 시는
당신이 씁니다

# 긴 하루

몸은 막대처럼
땅에 꽂혀 있었으나
생각은 하루 종일
마른 잎처럼 팔랑거렸다

몇 번 창 쪽을 서성이다
끝끝내 문 열지 못하고
긴 하루가 갔다

# 통증

모퉁이 돌아서는데
환장하겠네. 복숭아꽃

불쑥 튀어 나오는
그리운 통증

봄
내내

내 몸에 핀 꽃
싹둑 잘라버리고

모퉁이마다
새겨진 상처

# 몸살

심포항 끝머리에서
밤이 깊도록 바다만
바라보았다

뭍으로 오르려는 너울
차마 받아내지 못하고

쌔애앵. 쌔애앵.

밤새 울음을 토해냈던
은사시나무를 만나고 돌아 온
그날 이후

내 마음에도 몸살이 왔다

# 물봉선

아파요 아파요
고백하는 너와

접어라 접어라
강요하는 내가

우물가 물 따라
붉게 피었네

# 요즘 나의 소원은

아파트 11층
서쪽으로 난 베란다 창을 열면
벌렁 누워 있는 건지산이 보인다
산 겨드랑이
볼그족족 연분홍 속살 드러내던
너른 복숭아밭 보이고
또 산 아랫배
공룡알 같은 새끼 쑥쑥 낳는
힘 좋은 배 밭이 있다
그런데 건지산 몸 더듬다 보면
허리띠 풀린 아랫도리
내 눈이 직선으로 꽂히는 그 자리
붉은 배롱나무 하롱하롱 꽃잎 흘리는
함지박 모양의 배롱나무 농원이 있다

요즘 나의 소원은
독한 술 몇 잔 마시고
하루 종일 배롱나무 아래서 뒹굴어 보는 것
온몸에 꽃물 들도록 흥건하게 젖어 보는 것
사는 게 별거냐 허공에 삿대질 한 번 해보는 것

# 국화꽃 시든 자리

우연히 친구를 만났다
길이 있어도 길인 줄 몰랐던 그때
길 없는 길을 길이라 믿으며 달려가던
그 청춘의 이십대를 같이 통과했던,
언젠가 다시 만나면 국화꽃 시든 자리
아직도 머물고 있는 쓰린 향기 있다고
간절히 말해주고 싶었던 친구를 만났다

친구와 헤어져 돌아오는 길
우리가 왜 헤어졌던가를 생각했다
사랑이었던가, 질투였던가,
생각해보면 아무것도 아니었다
아니, 그리움이다
삶의 굽이굽이 남아 있는 건 여전히 그리움이다
그리움의 배경이 이별이라면 그건 쓸쓸한 일이다

# 라일락꽃 아래서

어느 한 시절 꽃을 피워
절정絶頂을 알리는 꽃나무처럼
그대도 그렇게 내게 다가왔지요
집 집 정원에 라일락꽃 한창입니다

나, 지난겨울 건너오는 동안
그대에게 가는 길을 찾고 있었지요
실핏줄처럼 가늘게 떨리는 전화신호음 속에서
그대는 늘 부재중이었고
그리울 때마다 안부로 쓴 편지는
주소를 찾지 못하고 되돌아오곤 했지요

나, 오늘 아름다운 맹세를 꽃말로 가졌다는
라일락꽃 아래서 듣지요
오래도록 바라보고 있으면
거기 보랏빛 꽃길이 보인다고
그대에게 가는 길 환하게 보인다고

## 봄비와 안개 그리고 나

그럴 줄 알았어
아침부터 석황산이 안개에 싸여
수작 부릴 때부터 알아봤어야 했어

봄비 때문만은 아니었어
차마 볼 수 없는 그대를 발치까지 데리고 와
문 열지 못하게 하는 안개 때문만은 더욱 아니었어
내 겨드랑이에 보리 순 솟아나고
꽃망울처럼 부풀어 오른 마음이
하루 종일 바람 속 들락거리는 것은

그때 달려갔어야 했어
내 밥이 되는 문서들 팽개치고
안개 속에 몸 푸는 봄비를 만나러,
큰 컵에 소주 한 잔 냅다 들이키고
봄비와 안개 그리고 나
서로 흥건하게 몸 섞고 나면
그대에게서 벗어날 수 있었을까

하루 종일 그대 그리운 봄비는 내리고
하루 종일 그대 그리움은 짙은 안개 속이고
풀어내지 못한 그대 그리운 마음
질척거리며 나를 계속 따라오고

그럴 줄 알았어
아침부터 석황산이 안개의 치마폭에 싸여
촉촉이 젖을 때부터 알아봤어야 했어

# 가을

요즘 들어
덜컹 덜컹 전주역을 통과하는
기차소리 듣는 날이 많아졌습니다

그런 날이면
그가 마른 기침소리를 내며
내 품으로 파고드는
그런 새벽이면

내 몸 안에서도
바퀴 굴러가는 소리가 납니다

# 가을여행

경기도 가평입니다
이곳의 가을은 유난히 깊습니다
나뭇가지의 잎들도 남아 있는 것보다
제 몸을 떠나 밟히고 묻히는 것들이
많아지고 있습니다

내 몸에서 떼어낼 곁가지들을 생각합니다
겨울이 오기 전에 꼭 버리고 싶은 것 있어
이렇게 여행길에 올랐습니다
차마 버리지 못하고 붙들고 있는
마른 낙엽 바스럭대지만
그보다 더 간절히 버리고 싶은 것 있습니다
그건 사방팔방 천지간에
나를 묶고 있는 바로 당신입니다

이제 냇물에 노란 은행잎 하나 띄워놓고
당신을 흘려보내겠습니다
행여 다시 따라 오신다면

## 사월의 눈

사랑이 아니었어
부드러운 햇살로
간지러운 바람결로
유혹할 때 눈치 챘어야 했어
거 봐
눈이 오잖아
마음 감추고
꽃잎이 피어나기를 바라는 건
서툰 사랑의 수작일 뿐
사월의 끄트머리에서
눈이 내린다는 건
네 마음을 알고 있다는 뜻이야
차갑고 서러운
사월에 하는 사랑은
사랑이 아니었어

# 겨울 숲에서

겨울 숲을 혼자 걸었어요
솟대처럼 서있는 나무들 사이로
길을 따라 느릿느릿 걸었어요
가끔 찬바람 속에
마른 이파리들
돌아눕는 소리뿐이었어요

나는 그대에게 가는 길을
찾고 있는 중이었어요
자주 만나던 사람들은
원하면 쉽게 만날 수 있지만
길이 열려 있지 않은 사람들은
길을 만드는 일부터 쉽지 않았어요

겨울 숲을 나와 보니 알겠어요
숲속은 쓸쓸하고 적막했지만
마른 이파리들의 편안한 집이라는 걸
그대에게 가는 길도 그러하리라 생각해요
그대에게 가는 길을 찾고 있는 동안
나는 충분히 따뜻해졌거든요

# 영흥도 소사나무에 내리는 눈

바람 때문만은 아니에요

제가 이렇게
영흥도 소사나무에 눈으로 내려
세상 속으로 스며들지 못하고
소사나무 겨드랑이에 얼음으로 파고든 건
뼈 속을 갈라놓은 사나운 바람 때문만은 아니에요

겨울바닷가 쓸쓸히 내려
바닷물에 모른 척 안기거나
백사장 조개껍질 속에 숨어
간간이 당신을 훔쳐보고 싶었어요

당신 곁에서 눈으로 녹아 스며들고 싶었어요
울지 않고는 한발자국도 옮겨가지 못하는
얼음이 되고 싶지 않았다구요

당신 곁에서 근사한 배경이 되고 싶었어요
이렇게 당신 몸을 뱀처럼 휘어 감는
창부가 되고 싶지 않았다구요

가진 것 모두 버리고 뒤틀린 채 버티고 서있는
당신의 숨통을 조이려는 간악함은 보지 마세요
당신 발가락 근처까지 간 건 제 속셈이었지만
거기까지였어요

제가 이렇게
인천 영흥도 십리포 해수욕장에서
당신의 옆구리 파고들어 한 몸을 이룬 건
오래 전 바람 속에 놓쳐버린
그리움 때문입니다

# 삼류영화관에서

울지 말아요

잊는다는 건
바람에 머리 한번 헹구는
그런 일인 줄 알았어요

그러나,
물소리에 섞인 거친 호흡이
산을 넘는 밤
서로 엉킨 발가락이
티눈처럼 박혀
내 몸에 뿌리내리고 있다는 것을
기어코 알아 버렸어요

2부

# 봄똥*
― 고 김남주 시인 생가에서


우수 무렵
김남주 시인 생가를 찾았네

녹슨 양철지붕 아래
낙숫물 떨어지는 자리
보랏빛 개불알풀꽃 모여서
봄의 똥구멍 찌르고 있었네

담장 밖 마른 밭에도
심줄 굵어진 봄똥들
시퍼렇게 살아 있었네
당당한 봄이 오고 있었네


* 봄똥 : 봄채소 나오기 직전에 꽁꽁 언 밭에서 겨울을 지낸 배추를
말하는 남도사투리.

# 나에게 오려거든
— 고 고정희 시인 생가에서

나에게 오려거든
남도 황톳길
흙바람 피하지 말고 오세요

나에게 오려거든
부드러운 물결 말고
이 땅 한반도 집어 삼킬 듯
성난 파도로 오세요

나에게 오려거든
높은 산 가시덤불 헤치며
없는 길 만들어서 오세요

그대가 진정 나에게 오려거든
눈물만은 가져오세요
어둠의 등허리 딛고 일어설
뜨거운 가슴만은 가져오세요

# 담쟁이 벽화

플라타너스 이파리
툭 툭 떨어지는 가을에
서해안 고속도로를 달려보세요
서해 노을 마시고
수덕사 단풍에 취하겠지만
그리 멀리 보지 마시고
그리 깊게 빠지지 마시고
한번쯤 고속도로 곁날개를 보세요
담쟁이가 그리는 그림을 보세요
박물관 깊은 곳에 모셔진 오래된 그림 말고
맑은 마음을 가진 사람이면 누구나 볼 수 있는
자연이 그린 그림 담쟁이 벽화를 보세요
길에 뿌려진 번잡한 이야기들
순한 사람들이 사는 마을로 옮기지 않으려고
악착같이 제 몸으로 막으며
온 몸으로 그린 그림을 보세요
남의 말을 들어 주는 일이,
그 많은 비밀을 제 안에 간직하고 산다는 일이
얼마나 피 말리는 고통인지 생각해 볼 일입니다

한여름 쿵쾅거리는 담쟁이의 심장소리가
서서히 잦아드는 것도 같이 느껴보시기 바랍니다

# 개심사開心寺


하루에도 수십 번씩 마음관절 꺾이는 날
목장길 구릉 구릉 개심사에 가 보아라

굽은 등 펴지 않고 늙어가는 기둥 지나
심검당尋劍堂 마루에 앉아 보아라

하얀 봄날 한바탕 앓고 난 상처
뚝, 뚝, 뚝 목련나무 아래 그득하다

열린 마음자리마다 현호색* 꽃잎 음표
통, 통, 통 돌계단을 내려오고 있을 것이다


* 현호색 : 한국 전역의 산과 들에서 자라는 여러해살이풀로 4-5월에
  꽃이 핀다.

# 구월이 오면

구월이 오면
가만히 구우월 이라고 느리게 혼잣말을 하고 싶다
나직하게 말하는 입술 사이로 그리움의 촉수들이
바람에 흔들리는 잎사귀처럼 내 몸에서 떨게 하고 싶다

구월이 오면
바람아래*처럼 예쁜 이름을 가진 바닷가를 걷고 싶다
사람들이 빠져나간 바닷가에서 누군가의 안부를 묻고
싶다
굳이 사랑이 아니었더라도 좋은 사람이었다고 말해 주
고 싶다

구월이 오면
마타리꽃처럼 가벼운 몸으로 떠나고 싶다
바닷가 외진 민박이나 허름한 산속 오두막쯤에서
사십 몇 해 몸에 새긴 단풍무늬 찬찬히 들여다보고 싶다

* 바람아래 : 안면도 남쪽 끝에 위치한 해수욕장 이름

# 명옥헌에서 1

담양 명옥헌 정자에 앉았네
살아가는 중에 나는 가끔 흔들리네
폭우 속에서 길을 잃고
큰 산 앞에서 무너지기도 하였지만
내 몸 한 부분을 흔들고 지나가는 바람 때문에
기꺼이 행복했던 기억도 있다네

정자에 앉아 방죽을 바라보네
배롱나무 무늬로 테두리 한 유리그릇이네
바람에 흔들릴 때 같이 흔들리고
떨어지는 붉은 상처 말없이 받아주고
유리그릇이 꽃물로 번질 때까지 기다리네
환하게 흔들리는 배롱나무 붉은 꽃등

# 명옥헌에서 2

흔들리고 싶을 때가 있다
굳이 사랑이 아니어도
굳이 아픔이 아니어도
지루하고 심심한 일상에서 벗어나
마음껏 흔들리고 싶을 때가 있다

숨겨놓은 애인을 찾아가듯
긴장하고 찾아간 마을 언덕
자그마한 방죽가
배롱나무 꽃 천지다

바람이 흔들어 될 때마다
물 위로 떨어지는
꽃잎 꽃잎 꽃잎 꽃잎

흔들리는 것은
뿌리 내리지 못하고 흔들리는 것은
몸에 상처만 내는 일이라고
아물지 않은 상처의 흔적들
흔들리는 모든 것은 젖어 있다

# 마라도에서
— Y형에게

마라도로 향하는 뱃머리에 서서
속살까지 시퍼렇게 살아 있는 바다를
오래 바라봅니다
바다는 온통 자서전입니다
지나온 세월이 이랑이랑 굽이칩니다

어깨를 짓누르던 삶이 버겁다며
길 떠났던 당신을 생각했습니다
정갈한 글씨로 또박또박
다음에 꼭 다시 만나자던 약속을 믿었던
순한 시절이었습니다

한때는 바람 불고 파도 차올라
방향 잃고 허우적거리기도 하였습니다
가끔 꿈속에서 당신을 만난 뒤
열리지 않는 문을 보며
울던 일을 떠올립니다

그러나 기억이란 제 편한대로 편집되는 것

이제 그 아픔이 그리움으로 남습니다
보이지 않는 기둥을 부여잡고
보이지 않는 마음을 맹세했던
한 시절 한 모퉁이를
키 큰 나무 하나 없어 비밀 숨길 곳도 없는
마라도에서
바람에게 길을 물어 당신에게 엽서를 보냅니다

행복하십시오

# 자리물회

먼 길 가다보면 보고 싶은 사람 있듯
꼭 맛보고 싶은 음식 있지요
더운 날 제주에 가면 모슬포로 가 보세요
바다 속 바위가 있는 곳에서만 잡힌다는
자잘 자잘한 자리돔 잘게 썰어
양파 미나리 양념에 비벼 찬물에 얼음 동동
자리물회 만나실 겁니다
일상의 자잘한 일에 속 터질 때
누군가 가시처럼 박혀서
가는 걸음마다 불쑥 불쑥 찌를 때
가시 많은 자리 잘근잘근 씹어대면서
마음 속 가시도 씹어 보세요
아삭아삭 씹으면 고소해지는 자리물회처럼
마음 한결 가벼워짐을 느끼실 겁니다
그래도 아직 소화되지 않은 감정 있다면
그래도 차마 버리지 못하는 미움 있다면
모슬포 바닷가에 서서 마음에 푸른 물이 들도록
오래도록 바다를 바라보세요

# 고사리 꺾기

한라산 무릎에 앉아 한나절을 놀았어요
따스한 햇살이 나를 계속 따라다녔지만
한라산 주근깨 같은 고사리 꺾느라 바빴지요
지금껏 한 번도 해보지 못한 고사리 꺾기가
소풍 때 보물찾기처럼 재미있는 놀이였지요
갓 올라온 연한 고사리 순들만 골라
똑 똑 신나게 꺾어 대면서 생각했지요
우리가 살아오는 동안
얼마나 많은 마음들을 꺾었을까
자식이라는 이유로 부모님 허리 꺾게 하고
부모라는 이유로 아이들 마음 꺾게 하고
그러다보니 갑자기 미안해지는 거예요
내가 미처 생각지 못하고 내뱉은 내 말에
상처 입은 모든 사람들에게
제주 여행 오시거든 한라산 무릎
고사리 밭에서 한나절만 놀아 봐요
따뜻한 마음도 한 아름 덤으로 얻을 걸요

# 제주 아부오름에서
— 딸에게


민들레 노란 꽃천지 아부오름에서
세상을 어떻게 살아야할지 막막하다던 딸을 생각한다

나는 인생의 중심을 잡지 못해
바람 부는 대로 흔들리는 나무였고
너는 책임져야 하는 두려움이기도 했으나
내가 살아야하는 존재의 이유이기도 했지
가끔은 너를 지극히 바라보기도 하다가
가끔은 이유 없이 네가 고맙기도 했었지
그런 너에게
아직 나조차 가보지 않은 길을,
아직 나조차 경험하지 않은 삶을,
아름다운 삶이라고
인생은 그렇게 살아야한다고
너의 인생의 지도를 펴놓고 내가 가진 색연필로
내 마음대로 그림을 그리고 있었던 거야

그러나, 오늘
아부오름 가파른 분화구 내려가면서

더 이상 너의 길을 내 마음대로 정하지 않기로 한다
너의 길이 소라껍질처럼 여러 개의 모퉁이를 돌아야만
갈 수 있는 길이기 때문이 아니라
너의 가슴 안에 스스로 키우고 있는 꿈을 보았기 때문
이다

오늘 아부오름에 와서
바람에게 길을 물어 딸에게 마음을 전한다
걱정하지 말아라
누구나 한때는 가파른 분화구를 만나기도 하지만
노란 꽃천지 눈부신 언덕도 함께 있으니

# 요트타기
— K동지에게

세상 한가운데로 나갔습니다
겁도 없이 세상을 흔들었습니다
세상은 꿈쩍도 하지 않았습니다
다만, 나 혼자서 흔들릴 뿐
서서히 내가 세상이 되었습니다

바다 한가운데 떠 있습니다
바람에게 나를 맡깁니다
바다도 나도 함께 흔들립니다
다만, 수평선만 바라볼 뿐
서서히 내가 바람이 되었습니다

제주도 푸른 바다 위에서
더불어 사는 세상을 위해
파도와 씨름하는 동지에게
고요한 수평선 하나 그어 놓습니다
많이 힘드시지요?

# 구월 아침

어젯밤 술자리 흥분과 수다가
아직도 윙윙거리는 구월 아침

출근길에 만난
나팔꽃 능소화 유홍초 호박꽃까지
세상을 향해
일제히 확성기를 틀어대고 있는 것이다

사람들만 말하고 싶어 안달하는 것은 아니다

# 하루

새벽 5시
찬 공기 속에서 우유와 신문을 챙기고
몇 번의 칼질에도 어둠은 버티고 있다
가족들 일어나기 전 밥 한 술 뜨고
철거덕 아파트 철문이 닫히는 순간
나는 아슬아슬한 널빤지 끝에 서 있다
어둠 속에서 몸을 좌우로 흔들며
몇 번 심호흡을 해 보지만
오래 부린 눈도 흐리고 마음도 삐걱거린다
전주에서 부안까지 나를 데려다 줄 버스는
장의차처럼 큰 입을 벌리고 서 있고
한 시간 가량 꿈속 터널을 통과한 나는
아침 해와 마주 선다

또 정신없이 살아 버린 하루가
졸래 졸래 해를 쫓아 서쪽으로 사라진다

아직도 흔들거리는
널빤지

## 압해도押海島

오래된 미움
바위처럼 단단해져
내 염통 쪄 누르고 있었네

비바람 흩뿌리던 날
운무 속 허리띠 같은
압해도 등허리를 넘었네

평생 섬에 눌려
가슴 답답한 바다에게
숨통 열어주고 싶었네

바다를 누르고 있던
바윗돌 하나 가슴에서
아프게 뽑아내고 있었네

# 마량포구에서 쓰는 반성문

내가 늘 흔들리며 산다고 생각했지
아니야, 나는 반듯하게 가는데
내가 올라 탄 회전목마가
제 멋대로 흔들어대는 거야
그러니 제발,
마량포구 동백섬 뒤꽁무니에 숨어서
동백가지 뚝뚝 꺾어 반성문 좀 쓰지 마
갈매기를 하늘이 쓴 반성문이라고 우기지 마
널어놓은 병치를 보며
어부가 쓴 반성문이라고 생각하지 마
인생 다 산 것처럼 잘난 체하다가
반성문 몇 자 쓴다고 해서
인생이 다시 동백꽃으로 피어나진 않아
설사 동백꽃으로 피어난다고 해도
언제 꽃모가지 뚝 뚝 떨어질지 몰라
그러니 제발,
마량포구 방조제에 앉아 반성문 좀 쓰지 마
먼 길 가는 고깃배도 반성문 깃발 내걸고
바닷속 물고기도 반성문 쓰고 다닌다고 말하지 마

반성문 쓴다고 자신을 질질 끌고 다니지 마

가끔은 닻줄에 메어 있는 배처럼 묶여 있는 게 인생이
야

# 행복한 상상

제가 넘나드는 성황당 고개는 인력공사 사무실과
미장원, 광고사, 작은 슈퍼에 성황당지구재개발조합
까지
적당한 눈높이로 오밀조밀 모여 있는 동네지요
거기다가 취객 발걸음처럼 고불고불한 골목에
막걸릿집 몇 군데 있고 순댓집도 있고 허름한 맥줏집
두어 군데 있는
저 아침부터 많이 흔들렸습니다
출근하고 한참 지난 지금도 그 유혹을 느낀다면 웃으
시겠지요
막걸리 한 잔, 딱 한 잔만 하고 싶다는
아침 출근길이었어요
술 취한 사내의 욕지기가 그대로 남아 있는 듯  막걸리
통이 쌓여있고
스티로플 화분에 백일홍꽃 몇 송이 하릴없이 피어 있는
'또와 막걸리' 유리문을 세차게 흔드는 사내를 보았지요
어젯밤 술 마시다  잠깐 꿈속을 건너 붉어진 얼굴로 다
시 찾아왔는지
아침부터  마누라와 한바탕하고 술집으로  들이닥쳤는

지 그 사연은 모르지만

　아뿔싸! 그 광경을 본 순간, 은근슬쩍 한 잔 생각나는
거예요

　아침부터 막걸리 한잔 마시고 간이 배 밖으로 나와서는

　처음부터 반말로 들이대는 민원인에게 엄마도 누나도
없냐고

　큰소리도 한 번 치고 없는 배짱도 부려 보겠지만

　동료들에게 술기운에 차도 한잔 사고

　평소 안하던 애교도 부리면서 좋아한다 호들갑도 떨겠
지요

　그러다가 슬슬 술기운이 떨어지면 언제 그랬냐는 듯

　과도한 음주는 고혈압 당뇨의 원인이 되므로 적당히
마시라고

　TV 신문을 통해서 나보다 더 많이 알고 있는 민원인
에게

　짐짓, 엄숙한 말투로 건강 상담을 시작하겠지요

# 땅끝 마을에 가서

한가한 일요일 아침
한가한 들판을 지나
한가한 가을이 있는
한가한 땅끝에 갔네

헤어짐
그리움
쓸쓸함

한가한 햇살 아래
한가한 나는 없네

3부

# 낙화

루프스* 환자에게 유방암은 덤인가요
인생이 그렇게 잔인할 수도 있나요

그녀 화르르화르르 타오른다
진달래 꽃잎 뚝 뚝 떨어진다

슬픔은 기쁨보다 전이가 빠르던가
마주보고 있는 내 발등이 뜨겁다

한번 열린 꽃잎은 쉬 닫히지 않는다
그녀 발밑에 분홍 강이 흐른다


* 루프스 : 피부에 나타나는 증상들이 마치 늑대에게 물리거나 할퀸
것처럼 보였던 것으로 라틴어로 '늑대'라는 의미의 루푸스에서 파생된
말입니다. 매우 복잡한 자가면역질환으로 20세기 초반에는 의사들이
루푸스를 단순한 피부질환 정도로만 생각하고 이름이 붙여진
것입니다.

# 허기

팔랑거리며 마음을 나누고
밤새 마신 술 위에
다시 술잔을 띄우자며
호기 있게 빈병을 세워보던 날들

조금은 깊어지고
조금은 고요해지고 싶어
한번쯤 외로운 섬이고 싶어
대학병원 근무를 지원했다

사람들 속에서도 외롭고
밥을 많이 먹어도 허기지고
봄꽃 속에서도 마음이 황량해지고
사람이 그립다
딱 보름만이다

마음을 뚝뚝 잘라내는 일 아프다
외로워진다는 것
나를 오롯이 들여다보는 일이다

# 울어라 실컷, 울어라

대학병원 소아과 진료실 앞
댓살쯤 되어 보이는 사내아이
어깨 들먹이며 울고 있다.
매일같이 드나드는 병원이 싫었을까
주사바늘이 가시처럼 아팠을까
아니면,
지뢰밭 같은 인생을 눈치 챘을까
화장실 가다 말고 한참을 바라본다
부챗살처럼 퍼지는 아이의 울음소리가
복도에 흩어진다
아이야 울어라,
실컷 울어라
목 놓아 울고 싶은 나는, 기껏해야
변기 물 내리는 소리에 울음을 섞거나
수도꼭지 틀어잡고 통곡해야 하는
소심한 인생이다
오늘은 너의 울음 한 갈피를 잡고
내 울음 몰래 섞어 나도 한 세상 넘고 싶다
울어라 실컷 울어라

# 그 말 앞에서

암입니다
갓 마흔을 넘긴 사내
그 말 앞에서
허탈하게 웃더니
아이를 껴안고
숨죽여 울고 있다

암입니다
땅바닥이 갈라지는
그 말 앞에서
모든 생명은 정지된다
마른 풀잎이 되어
천길 벼랑 끝에 걸린다

암입니다
핏물 뚝 뚝 떨어지는
그 말 앞에서
온 몸 정전停電 된 듯
마음이 먼저
세상 밖으로 쓰러진다

## 희망과 절망사이의 거리


민원실 한 구석에서 한 여자가 한참을 울고 있다
위암이라는 의사판정이 사망선고라고 여긴 모양이다
위로하던 가족들도 발끝으로 마른 바닥만 긁어댄다

머리를 하얗게 밀고도 둥근 박처럼 웃던 아이가 있었다
백혈병이래요 빨리 나아서 가족과 여행하고 싶어요
엄마를 위로하던 그 아이의 안부가 궁금해졌다

# 안경

요즘 안경을 벗는다
어려서부터 안경 없이 아무 일도 못했던 내가
안경을 멀리하는 일
그것은 눈이 좋아졌다는 것이 아니다
그렇다고 세상을 멀리하겠다는 것은 더더욱 아니다
심한 근시에 좌우 차이까지 심해 사물의 초점이 맞지
않는다
사물이 흔들리면 나도 따라 흔들린다
몇 군데 병원을 돌아다녔고
그때마다 나는 충분히 아팠고 절망했다

그런 내가 집안일이나 책을 보는 일
심지어 걸을 때에도 안경을 벗는 것은
세상보기를 거꾸로 바꾸기로 한 것이다
내 앞에 있는 사람, 꽃 한 송이, 새 한 마리
이제는 그들이 나를 보도록 내버려두기로 했다
보아라, 오래 너희들을 생긴 대로 보았다
이제 너희들이 나를 보아라
생긴 나 그대로

# 병원에서 길 찾기

대학병원 모퉁이에서
파견근무를 했어요
암에 걸려 절망하고 있는 사람과
함께 눈물 흘리기도 하고
병원비가 버겁다는
하소연 들어주기도 하면서
대학병원 모퉁이에서 하는 일은
건강보험 업무만은 아니었어요
병원에 가면 모두 환자가 된다는 말처럼
병원 문을 들어서는 순간부터
마음이 먼저 주저앉아
길을 잃게 되는가 봐요
길 찾아 가는 일
정말 어렵고 험난한 일이라는 걸 알았지요
신경과는 어디로 가요
엘리베이터는 어디 있어요
약국은?
화장실은?
식당은?

심지어 우리 집 양반은 어디 있냐고 남편을 찾는
시골 할머니까지
사는 일이 이유 없이 짜증나거나
인생이 무엇인가로 답답해 질 때
대학병원 한번 들러 보세요
힘없이 앉아 있는 아이의 어깨를
가만히 토닥여 주시거나
황망 중에 마음 흘리고 동동거리는 할머니
손 한번 잡아 주시고 나면
그럭저럭 무탈하게 산다는 것이 얼마나 큰 일인지
슬그머니 미안해 질 걸요

# 자서전의 결말은 쓸쓸하다

괜찮은 줄 알았어요
가끔 몸이 안 좋다고
내 병은 내가 안다고
혼자서 진단하고
혼자서 병원가고
건설현장에서 일했어요
몇 달씩 집 떠나 있으면서도
밥도 약도 잘 먹는다고 했어요
술도 담배도 안 피운다고 했어요
그런데 갑자기 쓰러진 거예요
한쪽 간이 다 망가졌데요
수술할 수도 없데요
보험도 못 들었어요
아이들 어떻게 키워요
그이 불쌍해서 어떻게 해요
식당종업원으로 일한다는 그녀가
남편 중증 암등록 하러 와서
남편에 대한 자서전을
한나절 내내 쓰고 간다

자서전의 결말은 쓸쓸하다
마침표처럼 말끝마다 붙는 말
나는 어떻게 해요
돈도 없이 죽으면
나는 어떻게 해요

# 딱 한 달만

유월이 시작되면서
내 몸은 바닥을 헤매고 있다
사람과 말하기도 싫고
만나는 것은 더 싫고
어쩌다 사람을 만나기라도 하면
왜 이리 서운한 게 많은지
대인기피증이었다가
사회적응장애였다가
편한 대로 병명을 만들어
그 속으로 숨어버린다
오늘처럼 몸과 마음이 사방으로 흩어져
꿈마저 혼미한 날은
딱 한 달만 입원했으면 좋겠다
딱 한 달만 숨었으면 좋겠다
고통스러운 환자들 앞에서
무슨 사치냐고 하겠지만
앞 뒤 꽉 막힌
직장 벗어나고 싶어서가 아니라
엄마가 만능인 양 투정하는

아이들 때문이 아니라
세탁기처럼 둥근 기계에 몸을 둥글게 말아
통째로 집어넣고
내 몸과 마음 제자리  찾을 때 까지
윙 윙 윙 소리 내서 울고 싶다
아니다
그것보다 더 간절한 것은
정신없이 돌아가는 이 세상과
세상 부대끼는 일이 아직도 서툰 나와
아무 조건 없이 딱 한 달 만 이별하고 싶다

# 슬픈 처방전


수술해도 소용없다는
젊은 의사
아직 살아 온 길 짧아
세상 일이 눈으로만 보는 것 같지만
눈 감고 보면 더 또렷하게
보이는 것도 있다는 걸 모를 뿐이라고

세상일에 끼어들어
간섭하고 상처 주고 받으며
이만큼 살았으면
이제는 모른 척 살면 어떠냐고

안과병원 처방전 받아들고
짐짓, 의연하다

그래 !
지금까지
볼 것 못 볼 것
많이 보고 살았으니

이제 눈 좀 감고 살면 어때

어둠도 또 하나의 빛인 걸

# 출장복명서

평지마을로 출장을 다녀왔다
빨갛게 영근 사과밭을 지나
단풍 든 산길을 돌아
건강검진결과 비만이라고
체중조절 해야 건강하게 오래오래 산다고
반쯤 엄포 놓고 반쯤 사정하고
돌아와 출장 복명을 한다
그 사람 몸보다 마음이 비만이라고
그 집 앞 노란 은행나무가 비만이라고
마당가 주렁주렁 열린 감들이 비만이라고
대문 밖 사루비아 그 붉은 입술이 비만이라고

4 부

# 미루나무

들판 끝나는 곳에
미루나무 한 그루
훌쩍 서 있다
부는 바람 따라
흔들거리며 순하게 웃지만
제 딴에는
팔랑거리는 잎사귀만큼
많은 생각을 달고 있다
겨울 하늘 맨 몸으로
혼자 견디는 일이
한때는 힘들기도 했을 것이고
들꽃 사이로 들리는
개울물 노래
가끔은 쓸쓸하기도 했을 것이다
밤새 비 내리고
안개 걷히지 않은 새벽
키 큰 미루나무 한 그루
천천히 세상 속으로 걸어간다

# 봄 날

간밤 까닭 없이 아팠다

겨울을 견디어낸 나무
푸른 물줄기 출렁이고
딱딱한 대지 수런수런
부풀어 오르고 있었다

그랬구나
간밤 나도 몸에 박힌
겨울 밀어 올리느라
까닭 없이 힘들었구나

내려진 차단기처럼
길을 막는 빨간 신호등 앞에서
느닷없이 허망해지는 봄 날

# 안개터널을 지나며

오래된 선풍기처럼
삐걱거리며 돌아가는 날들입니다
그래도 계속 돌아야 하는 것이라면
고쳐서라도 살아봐야 하지 않겠냐며
출근하는 길입니다
전주에서 진안 가는 소태정 고개
안개가 자욱합니다
앞서가는 차 뒤꽁무니 불빛 따라
더듬더듬 안개터널을 지나며
나도 뒤에 오는 누군가의
불빛이 될 수 있을까 생각합니다
생의 반을 훌쩍 넘긴 지금
내 사랑이 내 안에 갇혀
안개 속 같은 세상일에
눈 감고 사는 건 아닌지
세상 한 모서리를 접어 보겠다고
공중에 대고 무딘 연장만 휘두르는 건 아닌지
꿈 속 같은 안개터널을 지나며
걱정이 깊어집니다

# 귀향

나 혼자였네
눈 내리는 산길 넘어
고향 떠날 때도
오직 떠나고 싶다는 생각 뿐
한조각 구름이었네

나 여전히 혼자라네
진달래 꽃문 열고
고향 찾아가는 지금도
바람이 주는 생채기 더 가졌을 뿐
구름가 맴도는 빗물이라네

# 노하리 숲에서

십 년 만에 고향으로 돌아온 나는
섬처럼 떠 있는 노하리 숲으로 갔다

사망자보다 기부자 이름이
요란하게 새겨진 커다란 석물 위령비
물길이 끊긴 지 오래된 식수대
시위하듯 가시넝쿨이 입구를 막은 화장실
버려진 운동기구 철제 구조물들
숲은 이미 호흡조차 가쁜 환자였다

키 큰 나무들 자리 비켜
작은 나무, 여린 풀, 꽃을 키웠다
세상사는 일로 나뭇잎처럼 흔들릴 때
어지러운 생각 풀어놓고
마음 다 풀릴 때까지
나를 받아주던 노하리 숲
흩뿌려진 마음을 주우려 하지만

# 꿈

햇살이 맑은 가을 날
노오란 원피스를 입은,
서너 살쯤 된 아이가
두리번거리며
제 그림자를 이리저리
살피고 있다
그림자에는 왜 노란색이 없을까
궁금해 하는 표정이다
갑자기 나도 궁금해진다

그림자를 들추면 거기,
오이꽃 같은
노란 꿈이 숨어 있지 않을까?

# 더덕을 캐다가

알겠습니다
당신, 허공을 감고 올라
구름 아래 숨었다 해도
향기로 전해오는 마음


알겠습니다
당신, 내 평생 가본 적 없는
지구의 한 귀퉁이에 숨었다 해도
바람길로 전해오는 그대  있는 곳

# 저녁산책

길을 가다가
서로의 얼굴을
물끄러미 바라본다
켜켜이 쌓인 삶의 흔적 위로
저녁해 비스듬히 내려앉는다
그대와 나 사이
순한 강이 흐르고
들꽃이 피어 있다
서로 다른 땅에서
서로 다른 방향으로
서 있던 사람
이제야
나란히 같은 길 걸어가는
고즈넉한 저녁 산책길

# 기숙학원 다녀오며

아이들 키우는 일
때론 아프고 쓸쓸하다
재수한다는 딸과 함께
경기도 의왕 기숙학원 다녀왔다
새벽열차로 수원역에 가서
지하철 타고 의왕역으로
다시 택시로 어렵게 찾아갔다
23년 된 여성전용 기숙학원이라고
여기에 일 년만 묶어두면
인생이 바뀐다고
교무실장이라는 사람은
혼자 진지하다
벼랑 끝에 선 아이는
허탈하게 웃는다
의왕역까지 걸었다
둘이 말없이 걸었다
대학에 추가합격 해도
안 간다고 버티던 아이가
오늘은 길가 버드나무처럼 흔들린다

스스로 결정하면 도와주겠다고
그렇지만 한번 선택하면
네가 책임져야 한다고 말해 놓고는
이 아이 마음에 지금 무슨 말들이
들어갈 수 있을까
내려오는 길
기차 속에서 둘이 말없이
먼발치 지나가는 시간들만 바라보다
마주치면 어색하게 웃었다

# 새벽 3시

보훈병원 응급실입니다
아버님이 뇌출혈로 입원하셨습니다
부산에서 걸려온
전화 속 여자 의사는
하나도 응급할 일 없이
내일은 전국에 비가오겠습니다 기상예보 읽듯
또박또박 소식을 전했다
새벽 3시였다

여보! 여기가 어딘지 모르겠어
집을 못 찾겠다는
전화 속 만취한 남편은
교회당 십자가쯤에
풀어진 허리띠 걸쳐놓고
손잡고 밤길을 걸어보자 속삭였다
새벽 3시였다

우주가 하얗게 정지되는 시간

# 질투

햇살이 골목 골목 쨍쨍 쏘아대는 한낮

흙담장 처억척 걸쳐 있는 능소화 꽃무더기

울컥 짓이기고 싶은 이유는

풀 한포기 자라지 않는 내 가슴 때문인가

새벽에 읽었던 어느 시인의 찬란한 시 때문인가

# 족구대회

칠월 중순 장마가 계속 되었어요
족구대회를 하기로 한 날도
아침부터 비가 왔지요
서로 적당히 이길 것 같기도 하고
서로 적당히 비길 것 같기도 한 두 팀은
우중경기라도 치를 참이였지요
족구장에는 사람보다 먼저
인삼막걸리와 두부김치가 기다리고 있었지요
우린 늘 그랬지요
먹는 게 남는 것이라고
출출해진 허기엔 막걸리가 역시 최고라고
우중경기 대신 취중경기를 하면서도 마냥 즐거웠지요
그러나 살면서 누군들 흔들리고 싶었겠어요
살면서 누군들 이기고 싶지 않겠어요
그런데 말이죠
뜻대로 되지 않는 거예요
허공에 대고 헛발질하던 시절처럼
방향 잃은 공은 제 마음대로 빠져 나가고
마음은 네트를 넘어가고 공은 코트를 벗어나고

술병들이 하나 둘 겁 없이 쓰러지고
하늘이 서서히 느티나무 커튼을 내리는 시간
우리 모두는 손을 마주잡은 승자가 되어
서로서로 어깨 겯고 갈지자로 걸어가고 있었지요

# 개불알꽃

지리산
발가락 사이

혼자 피던
개불알꽃

누군가
캐고 있다

길 떠나는
그대여

화려한 꿈 접지 말아라
숲속의 요정*

나도 가끔
네 안부가 궁금할 것이니

* 숲속의 요정 : 개불알꽃의 꽃말

# 고모님의 황혼일기

아직도 옛날 그대로이신 줄 알고
빛깔 좋은 삼겹살에 목살도 한 근
새콤한 청포도 왕사탕까지 사들고
동구나무 치맛자락 펄럭이며 달려가던
어릴 적 기분으로 고모님 댁에 갔습니다

어서 와라 어쩐 일이냐?
와락 달려 나오시던 마당가에는 고모님 대신
삶의 길목마다 끈질기게 따라붙었을 잡풀들과
간간이 가슴을 헤집었을 눅눅한 바람 사이로
앵두나무만 힘겹게 밖을 내다보고 있었습니다

젊어서 자식 많이 낳고 고생해서 허리가 굽는다며
낙타 등처럼 휘어진 작은 몸을 오므렸다 폈다
인생의 여든 고개에서 힘겹게 쓰고 계시는
고모님의 황혼 일기에는 마흔 나이에 짝을 찾지 못하고
방황하는 막내아들 이야기가 절절이 배어 있었습니다

# 친구에게

노랗게 물든 이파리 몇 개
우표처럼 달고 있는 느티나무 아래서
앞날은 두렵고 확신이 서지 않는다는
자네가 보낸 편지 읽었네

11월의 마지막 날
시들고 말라버린 가을국화 앞에서
아직도 누군가를 기다리고 있는
가슴 젖어 있는 나를 보네

말해주고 싶었네
흔들리면서 털어내면서
스스로에게 너무 깊이 들어가지 말자고
바깥세상 가볍게 건너보기도 하자고

# 길 위에 서서

길 위에 서 있다 시루떡 같은 삶. 둘레를 촘촘히 메운 조각 하나 허투루 버리지 않았다 가끔씩 내 방에 비 들이치고 바람 불 때 있었으나 햇살은 언제나 내 편이었다 걸어오는 동안 많은 것을 보았다 찔레꽃 희롱하던 꿀벌들의 뒷모습을 보았고 바다 귀퉁이에 퍼질러 놓은 조개무덤을 거두기도 하였다 길을 잃고 방황하는 아이들도 앞서서 길을 가던 어른들도 보았다 그러나 어느 날 문득 백설기처럼 구멍 숭숭 뚫린 나를 보았다 몸이 나아간 길을 마음이 따라가지 못하고 길 위에 바짝 엎드려 눈감고 있는 동안 길은 일어나 먼저 가고 하늘은 더욱 멀리 있어 마른 나뭇잎 같은 나는 바람 없이도 부서지는 상처가 되어 있었다 내가 가야 할 길 위에 서서 나를 스치고 지나간 바람처럼 나의 한 생도 그러하리라고 깨닫는 저녁나절

# 면도날로 도려내 보여주는 사랑

호 병 탁(시인 · 문학평론가)

## 1. 당신이 쓰는 내 시

시적 진실은 정서적 감동이다. 정서는 인간본능의 내
적 경험으로 그 중 가장 강력한 것이 사랑이다. 사랑은
생명의 감미로운 꽃이며 인간 최상의 감격이다. 따라서
사랑은 인류역사상 어느 때, 어느 곳을 막론하고 수많은
시인에 의해, 수많은 방법으로 노래 불려왔다. 하도 많
이 들어서 이제는 누가 사랑노래를 부르면 '또 사랑타령
인가' 할 정도로 낡고 진부한 감이 들 정도이다. 그러나
인간의 정서가 시의 어머니라고 한다면 지극한 정서인
사랑은 우리가 존속하는 한 시의 영원한 제재가 될 수밖
에 없다. 문제는 정서적 감동으로 육박해오는 새로운 예
술적 표현이다. 여기 또 하나의 사랑노래가 있다.

시를 쓰려고
책상에 앉았는데

마음은 온통
당신뿐입니다

내 시는
당신이 씁니다

-「사랑」전문

짧다. 행을 무시하면 단 두 마디 말에 불과한 시다. '사
랑'이란 말은 물론 '사랑'을 대치할 어떤 상관물, 예로 '황
금의 꽃'이라느니 '눈물의 씨앗'이라느니 하는 대치되는
말도 전혀 없다. 감각적 심상도 비유도 없다. '시를 쓰려
는데 생각은 당신 뿐'이라는 말은 누구나 할 수 있는 평
범한 진술로 시적인 것과는 거리가 멀어도 한참 멀다.
너무나도 일상적인 이런 표현은 한 마디로 시도 아니다.

그러나 "내 시는 당신이 씁니다"라는 다음 연의 갑작
스러운 진술은 시 전체를 광휘에 휩싸이게 한다. 시 같
지도 않았던 글이 이 짧은 진술에 의해 단박에 완벽한
예술적 형상의 옷을 입고 찬연한 빛을 발하게 되는 것이
다.

하나의 구체적인 문학작품은 변함없는 독자성을 유지
하는 존재이다. 이 하나의 존재가 전체적 통일을 이루기
위해서는 부분들 중 하나가 삐끗하거나 빠지면 전체가
와르르 무너지도록 엄격히 짜여 있어야 한다. 즉 있어야
할 것은 다 있어야 하고 없어야 할 것은 하나도 있어서

는 안 된다는 말이다. 이런 문학의 존재론적 설명에 위의 시는 정확히 부합된다. 평범했던 첫 연은 '당신이 쓰는 내 시'라는 둘째 연에 의해 그 비상한 의미를 획득한다. 의외의 돌출발언인 둘째 연도 첫째 연의 작용으로 완전한 개연성을 획득한다. 명암은 대조되는 두 개의 다른 사실이 아니라 하나의 입체감을 조성하는 요소이다. 어둠은 밝음을 들어내고 밝음은 어둠을 더 짙게 한다. 첫 연의 평범함은 둘 째 연의 의외성에 오히려 빛나는 광채를 더하고 있는 것이다.

어느 시인이 시를 쓰려고 책상에 앉았다. 그런데 종이 위에는 사랑하는 사람의 얼굴만 어른대고 생각은 온통 그에게만 쏠리고 있다. 있을 수 있는 일이다. 이런 경우 사랑이라는 강력한 정서는 시간의 경과에 따라 신체적 변화의 특징을 보이게 된다. 표정의 변화, 맥박과 호흡의 격동, 분비물의 촉진 등 신체적 움직임은 활성화한다. 이에서 야기되는 유기적 감각 또는 감정의 총화가 바로 정서이고 이 정서는 상상력과 결합하여 시를 빚게 한다. 시인은 이미지를 만들어내고 비유와 상징을 견인하여 이 정서를 예술적으로 형상화시키게 되는 것이다. 사랑의 고뇌는 '가슴 저미는 아픔'으로도, 또는 '부르다가 내가 죽을 이름이여'라는 통곡으로도 표현될 수 있을 것이다. 이처럼 모든 시는 감각과 감정을 표출하는 최상의 언어를 선택하고 배열하는 과정을 통해 하나의 작품 전체를 향해 진행한다.

그런데 위의 시는 그 과정이 배제되었다. 첫 구절이 글의 시작이고 둘째 구절이 글의 끝이다. 하나의 전체는 '처음, 중간, 끝'으로 이루어진다는 말은 이 시에서 무색해져버렸다. 중간은 의도적으로 배제되었다. 정서의 시간적 신체변화나 그에 따른 감정의 변화는 선택되지 않았다. 선택되지 않은 것은 배제된 것이고 그 구별은 명확하다.

시인은 이 시에서 동서고금의 무수한 지극한 정서, 즉 고해苦海요, 화택火宅이요, 인토忍土의 행로인 사랑의 길에서 조우할 수밖에 없는 아픔, 기다림, 그리움, 외로움, 설렘, 슬픔, 불안, 고뇌, 기대, 절망 등등 수천수만의 정서를 잘라 내버렸다. 다시 말해서 첫 연과 마지막 연 사이에 기록했다면 백과사전보다 더 두터웠을 사랑의 시행들은 사라졌다.

그렇다고 '사랑'이란 말 한 마디 없는 '사랑'이라는 이 시가 '사랑'의 정서를 제대로 표출하지 못하고 있는 것인가. 결코 아니다. 중간에 배제된 수많은 정서는 '내 시는 당신이 씁니다'라는 짧은 진술에 모두 함축되었다. 그래서 이 짧은 한 마디 사랑의 외침은 오히려 더 극진하고 절절하다.

평론가는 작품의 복합성을 조성하는 요소들을 주목한다. 전체는 하나의 단일성을 가진 형상이다. 따라서 부분의 복합성과 전체의 단일성은 반대되는 개념이지만 예술작품에서는 반드시 서로 조화와 통일을 이루어야 하며 어떤 방식으로 통일화되는가 하는 문제는 눈여겨 볼 필요가 있다. 위의 경우 인간의 무수한 정서가 배제 되어 아주 간결한 글이 되었지만 사실은 이렇게 해서 조 성되는 또 다른 복합성이 있다. 간결해졌다고 해서 과학 공식처럼 단순화 시킨 것은 결코 아니다. 언어의 경제가 최대한 이루어진 이 시는 반면에 아이러니와 긴장과 애 매성이란 새로운 형태가 조성되고 있는 것이다.

아무리 사랑하는 마음이 간절해도 내 시는 내가 쓰는 것이다. 세상에 어떻게 내 시를 다른 사람이 쓸 수 있단 말인가. 아이러니요 역설이다.

백과사전 두께에 실릴 정도의 정서의 함량이 생략된 첫째 연과 마지막 연 사이의 휴지休止는 아득하게 길고 멀다. 무거운 침묵이다. 이 침묵은 강한 시적 긴장을 야 기한다.

동시에 이 긴 휴지는 독자에게 얼마든지 오독할 가능 성이 있는 애매성의 장을 열어 놓는다. 따라서 독자는 구속되지 않는 시 읽기의 놀이터를 제공받고 그 속에서 자유롭게 유영한다. '내 시는 당신이 쓴다'는 시인의 사 랑에 대한 갑작스런 돌발 선언이 있기까지는 말이다.

열 마디 말로 열의 복합성의 효과를 얻는 것 보다는 두 마디 말로 열의 같은 효과를 얻으려 시인들은 치열하게 언어를 함축하고 생략한다. 칼로 도려낸 것 같은 이 시 가 그러하다. 그 결과 이 시 전체가 한 덩어리 '사랑'의 메타포가 되었다.

## 2. 몸을 긋는 '그리움'

'사랑이 무어냐'고 물으신다면 '하나가 되고 싶은 거'라고 말하겠어요. 그렇다. 사랑은 한 존재를 소유하고 싶은 욕구요, 그 존재와 하나가 되고 싶은 합일의 욕구다. 그러나 한 이불 속에서 겹쳐져 있는 짧은 시간을 제외하고는 사랑하는 사람은 서로 그리워 할 수밖에 없다. '그대가 곁에 있어도 그대가 그립다'라는 신파조의 말마따나 사랑은 언제나 그리움을 동반한다. 석가의 인생 팔고八苦 중 애별리고愛別離苦가 있다. 사랑하는 사람과 이별하는 괴로움처럼 큰 괴로움이 없다는 말이다. 그 괴로움이 그리움이다. 헤아릴 수 없는 많은 시인들이 시공을 넘어 이 지극한 정서를 노래했다. 여기 또 다른 '그리움' 하나가 있다.

> 내 몸 속을 멋대로 떠돌고 있는 악성종양
> 때때로 내 몸 어딘가를 날카롭게 긋고 가는,
>
> ―「그리움」 전문

매우 짧은 시다. 앞의 '사랑'이라는 짧은 시는 그래도 두 문장으로 구성되어 있지만 이 시는 아예 한 문장으로도 구성되지 못하고 있다. 첫 행은 물론 둘째 행도 결국은 '악성종양'이란 단어를 수식하고 있을 뿐이다. 따라서 이 시는 주어는 있으나 술어가 없는 완성되지 못한 문장에 불과하다. 한마디로 '그리움'이란 제목의 이 시는 '악성종양'이라는 단 하나의 시어로 시 전체를 설명하고 끝내버린 특별난 시다.

다른 예술도 마찬가지이겠지만 시의 본질은 감성으로 받아드리고 감성으로 표현하며 감성을 자극하는 것이라고 할 수 있다. 시인은 자신의 내부에서 발생하여 움직이고 있는 그리움이란 감성을 철저히 집중하여 응시하고 있다. 시인은 다분히 감상적이 될 수 있는 '그리움'이라는 감성에 사적私的 감상의 개입은 냉정하게 배제시킨다. 그 결과 그리움은 '악성 종양'이라는 육신의 내부에서 움직이는 사물로 환치된다. 냉철하게 관찰된 사물의 움직임은 '멋대로'와 '때때로'라는 절묘한 부사어로 포착된다.

그리움이라는 것은 스스로의 의지로 제어될 수 없는 것이다. 그것은 내 의지와는 무관하게 내 몸 속을 '멋대로' 떠돌고 있다. 그런데 몸 안을 떠도는 이 그리움이라는 놈은 자주는 아니지만 '때때로' 날카롭게 내 몸 어딘가를 긋고 가는 놈이다. 몸 어딘가가 날카롭게 그어지면 커다란 통증이 발생할 것임은 자명하다. 커다란 통증은 커다란 아픔이다.

'그리움'을 쓴 이 시에 '그리움'이라는 말은 없다. 시적 진실은 먼저 예술 가치로서 정서적 감동을 주는데 있다. 시는 감동으로 독자의 마음을 자극하여야 한다. 따라서 사상이나 관념 또는 추상개념도 정서화된 사상, 관념,

추상개념이 되어야 한다. 정서화라고 해서 과거 시인들의 그것, 즉 소월 식 정서의 답습이거나 영랑 식 정서의 반추가 되어서는 안 된다. 사회가 변함에 따라 정서도 변화되고 그 표현양식도 달라진다. '정서의 지적 처리'라는 말이 나오는 소이가 바로 이에 있다. 시인은 정서의 예술적 표현을 위해 소위 '객관적 상관물objective correlative'을 발견할 수밖에 없다. 이는 표현하고자 하는 정서의 상관물을 발견하는 것으로 독자의 감각체험과 그 정서를 환기시키는 사물이어야 한다. '그리움'이란 말이 전혀 없는 '그리움'이라는 이 시에는 '그리움' 대신 '악성종양'이라는 다소 의외의 객관적 상관물이 견인된다.

작가들이 관습상 창작에서 주로 사용하는 어휘가 있다. 이를 시어 또는 문어라고 한다. 그러나 이런 것들이 고정된 어휘로 형성되어 있다고 생각하면 잘못도 큰 잘못이다. 그럼에도 올망졸망 모여 함께 공부하는 올망졸망한 아직 설익은 시인들의 시편을 대하면 이런 고정된 올망졸망한 시어들이 관습적으로 습득되고 다시 올망종말 배열되었음을 볼 때가 있다. 하기야 어떻게 보면 관습적으로 사용된 문어의 답습과 이를 깨부수고 비문학적이라고 알려진 어휘를 표현수단으로 개발하는 행위가 서로 변증으로 맞물려 가는 것이 문학사의 변천이라고도 할 수 있다. 비문학적 언어가 문학적 언어로 성공하면 이를 습관화하여 소위 문어로 굳어지고 답습되는 것이다. 그런데 이 시에서 시인은 각별한 정서이지만 진부

하기 짝이 없는 '그리움'이라는 어휘를 다소 비문학적이라 할 수 있는 '악성종양'으로 시치미 뚝 떼고 바꿔버렸다.

원래 언어라는 게 그 정상적 상태로는 비문학적이다. 피아노를 치기 위해서는 손가락이 특별한 훈련을 받고 그 특별한 기능을 습득하는 것처럼 언어도 특별히 사용하는 데에서 문학적이 되는 것이다. '악성종양'은 주위 조직에 대하여 침윤성浸潤性과 파괴성을 가지며, 또한 전이轉移되는 아주 지랄 같은 종양이다. 우리는 이를 보통 '암'이라 부른다. 일상에서 비문학적인 이 고약한 종양이 이 시에서는 사랑의 아픔이요, 정서의 극치인 '그리움'과 등가를 이루고 있다. 이 짧은 시를 다시 보자. 한 마디로 '그리움'은 바로 '악성종양'이 아닌가.

미당은 '문둥이'가 '달 뜨면' '애기 하나 먹고' '붉은 울음'을 운다고 했다. 그는 '추악한 아름다움' 소위 낭만적 궤변을 노래함으로 비극을 더 비극적으로 만들었다. 마찬가지로 이 시에서 시인은 서정적 마음 떨림인 '그리움'을 세포에 파고들고 파괴하고 퍼져가는 추악한 '종양'으로 노래함으로 아픔을 더 아프게 각인시키고 있다. 일견 그리움과 악성종양은 논리가 통하지 않는 무의미한 관계일 뿐 아니라 오히려 상극적으로 보인다. 그러나 미와 추, 선과 악은 상극이면서도 서로 통한다. 극치에 달한 여인의 얼굴과 산고의 고통에 일그러지는 여인의 얼굴은 같다.

시인은 '추악한 아름다움'으로 '종양'을 견인하는 미의
식을 보일 뿐 아니라 추상적 개념에 인격적 요소를 부여
하는 심미적 감정이입을 도입한다. 앞에서 말한 대로 '그
리움'은 '악성 종양'이라는 상관물로 환치되었다. 둘 다
비인격적인 용어이다. 그럼에도 비인격적 용어는 인격
적 용어로 전환되어 '멋대로 떠돌고' 내 몸 어딘가를 '날
카롭게 긋기'도 한다. 결국 '그리움'이란 추상개념은 이
시에서 의인화 되어 미학적 감정이입으로 작동하고 있
다.

이 시에서 '종양'을 수식하고 있는 두 개의 구문은 특
히 주목할 만하다. 사실 이 두 개의 수식구는 서로를 지
탱하고 설명하고 있을 뿐 아니라 작품 전체가 완전한 작
품이 되도록 결정적인 빛을 던지고 있다. '내 몸 속을 멋
대로 떠돌고, 내 몸 어딘가를 긋고 가는' 그리움에 대한
수식은 다른 설명이 필요하지 않을 만큼 그 아픔이 더
절절하게 다가온다. 그런데 보는 것처럼 두 수식구의 하
나는 수식되는 어휘 앞에, 하나는 뒤에 배열되어 있다.
낱말들은 언어의 사회적 관습, 즉 문법에 따라 일정한
순서로 배열되게 된다. 시인은 자주 이 관습을 불편하게
생각한다. 따라서 자신이 표출하고자 하는 의미의 완전
성을 위해 상식적이고 정상적인 문장의 배열을 뒤집어
엎어버리고 싶어 한다. 시인은 욕먹을 것을 각오하고 사
회관습의 허용치를 최대한 넓힌다.(너무 넓히다가는 의
도하는 의미전달마저 불가능하게 되지만) 평론가는 시

인이 언어 관습의 허용범위를 얼마나 넓게 잡고 있는가를 주시한다. 이 시는 일상적이고 상식적인 언어관습을 벗어난 도치다. 그러나 이는 의도적인 미학적 장치로 우리가 여운을 가지고 시를 음미하게 하기 위한 의미 있는 도치다.

위에서 본 '사랑'과 '그리움'의 시 두 편은 어떠한 산문적 설명의 틈입도 허락하지 않는다. 사실 평론가는 스스로의 힘으로 빛을 뿜고 존재하는 이런 시에 대해 어쩌고저쩌고 따질 형편이 못된다. 그런데 필자는 그럴수록 물고 늘어진다. 이는 시의 여러 장점, 함축된, 숨어있는 심미적 장치를 이리저리 살펴 미주알고주알 부각시키려는 미욱하지만 간절한 마음이 앞서는 까닭이다. 그 정도로 두 편의 시는 좋다.

두 편의 시에는 단풍을 물들이는 빛의 파편처럼 '사랑'과 '그리움'이 흩뿌려져 있다. 시인은 평평한 거울로 이를 비추지 않았다. 그랬다면 맥 빠진 서정적 영상만을 독자에게 보여주었을 것이다. 시인은 대신 볼록거울을 들이대었다. 빛의 파편들은 응축되고 집중되어 불꽃이 되었다. 그리하여 시인은 우리의 감성을 면도날로 도려낸 듯 '짧고 깊게' 후비고 불꽃처럼 '뜨겁게' 태우고 있는 것이다.

## 3. 아슬아슬한 '자화상'

　이제야 한선자라는 시인의 이름을 부른다. 큰 키에 큰 웃음으로 다가오는 시원시원한 시인이다. 마타리꽃처럼 후리후리하고 훤칠한 시인이 직접 그린 자화상을 보자.

　　바람보다 빠른 자동차 사이로
　　강아지 한 마리 곡예 하듯 건너고 있다

　　친구들과 어울려 들어간 맥줏집
　　빈 술병과 마른 북어사이 마타리꽃 하나 엎어져 있다

　　아슬아슬한 스물 몇 살의 내가 있다
　　　　　　　　　　　　　　　　　　　－「자화상」 전문

　사실 한선자의 '자화상'은 그의 많은 다른 시편의 내용을 가늠하게 하는 시사적 기능을 담당한다.
　한선자는 솔직하다. 자신의 부끄러운 모습도 여과 없이 드러낼 줄 안다. 술집 탁자에 엎어져 있는 여자는 보기에도, 보여주기에도 썩 좋은 모습은 아니다. 하물며 당사자에 있어 서랴. 그러나 한선자는 책 첫 페이지, 첫째 글에서 과감하게 마타리로 비유된 젊은 날의 흩어진 자신의 한 모습을 내보인다.(물론 작품 속의 '나'는 작가의 분신이라 할 수 있다. 그러나 자연인으로서의 한선자

103

와는 명백히 다른 허구화한 시적 공간 속의 '나'이다.)

자신의 부끄러운 모습을 숨기지 않고 고백한다는 것은 반성으로 이해할 수 있고 이는 겸손한 태도라 할 수 있다. 그러나 시인의 속내는 그게 아니다. 자신이 겸손한 사람이라는 것을 글로 써 세상에 알리고자 한다면 그것은 겸손이 아니라 오만이다. 시인은 오히려 어느 정도 뻐딱하고 거칠게 위선과 가식이 판치는 세상에 삿대질 좀 하고 싶은 것이다. '아슬아슬한' 자화상을 까발려 보여줌으로서 세상의 물결과 함께 흔들거리는 우리의 얼굴을 화끈 붉어지게 하려는 것이다.

병맥주와 마른북어는 동네 슈퍼에 탁자 몇 개 놓은, 소위 서민들이 즐겨 찾는 '가맥집' 같은 곳의 기본 술이자 안주다. 이곳이 글의 배경이다. 꽃처럼 취한 한 여자가 탁자 위에 엎어져있다. 이것이 사건이다. 이 글의 배경과 사건 전모가 짧은 두 행의 글로 '간결하게' 모두 묘사되고 있다. 그리고 시인은 남 얘기하듯 이 엎어져 있는 여자가 스물 몇 살 때 자신의 자화상이라고 말한다. 그런데 이 자화상의 모습은 달리는 자동차 사이로 보도를 횡단하는 강아지 한 마리와도 같다고 결론을 내린다.

시에 좀 더 확대경을 대 보자. '빈 술병'은 말 그대로 술이 없는 빈병이다. 다 마셨다는 소리다. 그러나 '마른 북어'는 남아 있다. '마시는' 속도가 '씹는' 속도보다 빨랐다. 세상은 시인이 빨리 술을 마시도록 만든다. 결국 안주는 남아 있지만 시인은 탁자 위에 엎드릴 수밖에 없는 것이다.

시인은 "빈 술병과 마른 북어 사이"라고 제법 대단한 척 그 '사이'를 언급하고 있지만 과연 그 사이는 얼마나 먼 거리인가. 탁자라는 게 폭이 1미터도 되지 못한다. 그 위에 올려 있는 술병과 안주의 거리는 불과 몇 십 센티도 되지 않을 것이다. 그 '사이'는 매우 좁은 거리다. 답답하다. 넓은 홀이 당연히 없는 동네 술집도 답답하다. 술병과 북어의 좁은 사이에 쓰러져 있는 여자도 답답하다. 세상이 모두 답답하다. 암울했던 한 시절, 그것이 시인의 20대였고 술병과 안주 사이에 엎드려 있는 자화상을 만들게 한 세월이기도 하였다.

맥줏집에 엎어져 있는 스물 몇의 여자는 왜 아슬아슬한 것인가. 자기가 돈 낸 술 자기가 마시는데 왜 아슬아슬해야 하는가. 엎어졌다가도 툭툭 털고 일어나 자기 발로 자기 집에 갈 것인데 왜 아슬아슬한 것인가. 그러나 세상은 마타리 같은 여자가 '빈 술병과 마른 북어사이'에 엎어져 있으면 그냥 두지 않는다. 아슬아슬할 이유가 없어도 세상은 젊은 여자를, 아니 모든 사람을 아슬아슬하게 만들고 만다. 시인은 이런 세상에 삿대질 하고 싶은 것이다.

곡예 하듯 횡단보도를 건너는 강아지의 모습이 술집에 쓰러진 한 여자의 아슬아슬함과 같은 것은 결코 아니다. 쓰러진 한 여자의 모습이 달리는 자동차 사이로 길을 건너는 강아지의 아슬아슬함과 같다는 것이다. 그렇다면

'강아지'가 먼저 등장하는 이 문장은 앞뒤가 바뀐 셈이다. 문법상 도치가 아니고 의미상의 도치다. 과학은 결론을 내기위해 논리적 설명의 과정이 필요하다. 일종의 필요악이다. 그러나 시는 어떤 결론을 도출하기 위해 쓰는 것이 아니다. 맥줏집, 빈 술병, 마른 북어, 쓰러진 여자… 그 하나하나의 요소들이 절대적인 시의 구성요소다. 길 건너는 강아지는 앞에 오든 뒤에 오든 시인의 마음먹기에 달렸다. 그러나 시인은 미적효과를 위해 문장을 어떻게 배열할 것인가 고민한다. 논리를 생각했다면 뒤에 놓았을 '강아지' 얘기는 의도적으로 앞으로 당겨 뺐다. 그리고 "…있다" "…있다"라는 두 개의 현상을 병행시키고 그것이 바로 20대의 자기였노라고 짧고 진솔하게 선언한다. 마지막 연 역시 의도적으로 "…있다"로 마감하고 있는데 이는 운율적 긴장을 주는 최선의 마감이다. 성공적인 문장 배치와 짧고 진솔한 마지막 선언, 이 시가 감동을 주는 것은 바로 여기에서 기인한다.

### 4. 사는 게 별거냐 '허공에 삿대질' 하는 것

한선자의 삿대질은 계속된다. 그러나 아슬아슬할 것 없는데 사람을 아슬아슬하게 만드는 20대의 세상에 대한 삿대질은 아니다. 시인은 이제 '불자굴불자고不自屈不自高', 스스로 비굴하지도 않고 교만하지도 않다. 약자는 비굴하기 쉽고 강자는 교만하기 쉽지만 시인은 나는 나답게 살겠다고 주장한다. 시인의 진솔함과 진정성은 오히려 싱싱한 육질의 시어로 발전되어 무청처럼 더욱 시퍼렇다.

> 요즘 나위 소원은
> 독한 술 몇 잔 마시고
> 하루 종일 배롱나무 아래서 뒹굴어 보는 것
> 온몸에 꽃물 들도록 흥건하게 젖어 보는 것
> 사는 게 별거냐 허공에 삿대질 한 번 해보는 것
> ─「요즘 나의 소원은」 부분

이 시에는 건강한 관능과 강한 생명감이 충일하다. 이 시의 앞부분은 아파트 베란다에서 바라보이는 건지산의 생생한 묘사로 되어 있다. 그것은 그냥 거기 있는 발가벗은 생명의 싱싱한 실체다.

"창을 열면 벌렁 누워있는 건지산이 보인다", 도입부의 산은 의인화 되어 '벌렁 누워 있는' 산이 된다. 계속하여 이 산의 각 부분은 사람의 몸과 비유된다. 볼그족족 연분홍 속살 드러내던 복숭아밭은 '산 겨드랑이'에, 공룡알 같은 새끼 쑥쑥 낳는 배 밭은 '산 아랫배'에 있다. 그리고 시인이 그 아래에서 하루 종일 뒹굴어 보고 싶은 배롱나무 농원은 허리띠 풀린 '산 아랫도리'에 있다. 산을 위에서 아래로 훑어 내려가며 시인이 견인하는 동사도 '눕다' '드러내다' '몸 더듬다'와 같은 싱싱한 육질의 어휘들이다.

시인이 바라보는 건지산은 자연이 만드는 오묘한 질서의 교향악이다. 저마다 제 자리가 있고 모두 제 법칙대로 존재하는 조그만 우주다. 사계절이 변화하고 주야가 교대하고 일월성신이 운행하는 놀라운 질서와 리듬의 세계다. 복숭아도 배도 배롱나무도 각각의 색깔과 다른 형태의 미로 조화를 이루는 세상이다. 자연에서는 모든 것이 조화를 이룬다. 산천, 초목, 일월, 남녀, 음양이 정교무쌍한 조화의 옷을 입고 존재한다. 또한 자연은 쉴 새 없이 창조하고 끊임없이 생산한다. 온갖 생명체가 이 위대한 품속에서 부단히 태어나고 성장하고 개화 결실한다. 무수한 생명이 나고 죽고, 나고 죽고를 영원히 반복한다. 시인은 질서와 법칙, 미와 조화, 창조와 생산의 어머니로서의 자연, 즉 건지산이라는 자연에 맨몸 그대로 안기고 싶다.

산 위에서 아랫도리까지의 생생한 묘사에 이어 시인은 자신의 희망사항을 나열한다. 그가 바라는 것은 고상하고 고귀한 것이 시의 내용이 되어야 한다는 일반의 통념을 단박에 부숴버린다. 그는 산을 가리키며 허울만 좋은 덕목으로 감싸고 있는 우리에게 삿대질한다. 그의 소원은 나무 아래 종일 '뒹굴어 보는 것' 꽃물에 '흥건하게 젖어 보는 것' 허공에 '삿대질 한 번 해보는 것'이다. 그런데 이런 모든 소원은 '독한 술 몇 잔 마시고' 나서의 바램이다. 시인은 나는 나답게 살겠다고 솔직히 말한다. 얼큰하게 취해 꽃그늘에 뒹굴고 꽃물에 젖겠다는 데 누가 뭐라고 하랴. 더구나 삿대질하지만 허공에 대고 하는데 세상천지 어느 누가 시비하랴. 시인의 소원은 주말 휴일 언제라도, 얼마든지 이루어 질 것이다.

## 5. 시퍼렇게 살아 있는 '봄똥'

시는 정서와 상상을 통한 인생의 해석이요 이해이다. 따라서 어떠한 사상이나 관념도 정서화된 사상, 정서화된 관념으로 바뀌어야 한다. 즉 사상이 사상으로서 그대로 생경하게 들어나는 것이 아니라 정서의 형태로 미화하여 언어 속에 나타나야 한다는 말이다. 문학은 결코 사상이나 이념전달의 수단이 아니다. 물론 시가 언어예술이고 언어라는 것이 사유의 산물인 이상 시가 어떤 사상을 반영한다는 것은 자연스런 일이다. 그러나 사상이나 이념도 다른 부분들과 결합하여 미적 형상화로 하나의 전체를 만드는 일부에 불과하다.

우수 무렵/ 김남주 시인 생가를 찾았네// 녹슨 양철지붕 아래/ 낙숫물 떨어지는 자리/ 보랏빛 개불알풀꽃 모여서/ 봄의 똥구멍 찌르고 있었네// 담장 밖 마른 밭에도/ 심줄 굵어진 봄똥들/ 시퍼렇게 살아 있었네/ 당당한 봄이 오고

있었네

– 「봄똥」 전문

이 시에는 '고 김남주시인 생가에서'라는 부제가 붙어 있다. 부제를 보며 이 시가 혹 이념이나 사상의 철학적 사유를 넘어서 어떤 정치적 행동을 전제하는 것이 아닌 가하는 우려가 들지만 한선자는 이를 멋지게 불식시킨다.

'봄똥'은 시인의 주석대로 봄채소 나오기 전 꽁꽁 언 밭에서 겨울을 지낸 배추를 말하는 남도사투리다. 녹 쓴 양철지붕의 김남주 시인 집에 봄이 오고 있다. 보랏빛 개불알꽃도 낙숫물 떨어지는 자리에서 환한 봄을 맞고 있다. 꽁꽁 언 밭에서 겨울을 지낸 '봄똥'도 당당하게 봄을 맞고 있다. 여기에서 모든 사물은 정서화 되어 있다. 시의 서정성 담지 여부는 독자의 호응 여부를 가름한다. 서정성의 회복이라는 시의 가장 근본적인 문제에 관심을 가져야함은 소위 참여시나 민중시라고해서 예외가 아니다. 진정한 문학은 직접 행동의 유발과는 관련이 없다. 독자의 의식에 침윤되어 간접적으로 영향을 미치는 것이 문학의 사회 참여지 행동을 자극하는 것은 선동에 불과하다. 꽁꽁 언 겨울을 이겨 낸 푸른 배추는 독자의 의식에서 김남주의 푸른 정신으로 아프도록 되살아나게 되는 것이다.

'고 고정희 시인 생가에서'라는 부제가 있는 '나에게 오려거든'도 마찬가지다. 한선자는 '흙바람 피하지 말고 오세요' '성난 파도로 오세요' '없는 길 만들어 오세요' '뜨거운 가슴만은 가져오세요'라고 '나에게 오려거든'의 조건을 내건다. '오세요'를 반복함으로서 리듬의 조화를 극대화한 이 시는 바람과 파도와 길과 가슴을 수식하는 어휘들로 짙은 서정성을 담지하고 독자의 시선을 다시 한 번흡인한다. 또한 예술적 형상화에 성공한 위의 두 시편은 민주화운동에 몸을 던진 두 사람에게 바치는 헌사로도 합당한 설득력을 갖게 되는 것이다.

이제 글을 마무리 해야겠다.

한선자는 생명의 꽃인 사랑과 그 지극한 정서인 그리움을 함축과 생략으로 면도날로 오려낸 것처럼 짧고 깊게, 그리고 응축과 집중으로 불꽃처럼 뜨겁게 피워냈다. 먼저 자연이나 물상을 말하고 이에 비유하여 시인의 정서를 표현하는 식의 일반적이고 전통적인 방식은 배제되었다. 따라서 자칫 진부해지기 쉬운 정한의 원형심상이 결코 고루하거나 퇴색해 보이지 않고 우리의 감성을 강하게 자극한다. 그는 언어를 최대한 경제하고 있다. 더 이상 경제하면 시 자체가 이루어질 수 없는 극한까지 언어를 깎아냈다. 그럼에도 이 짧은 시편들에 있을 것은 다 있고, 오히려 사랑과 그리움의 감정은 짧아서 더 절절하다.

그의 자기고백적인 시들은 무엇보다도 관념 앞에 놓여 있는 맨몸의 실체를 드러내는 진솔함과 진정성을 보여주고 있다. 그는 교만하지도 비굴하지도 않고 자신답게 살고자 하는 푸른 정신을 육질의 언어로 진술한다. 이런 싱싱한 언어의 숨결은 그가 표현하고자 하는 어떤 사상이나 관념도 강한 정서로 변화시킨다.

물론 반복되는 언어로 인한 시어선택의 다양성과 언어의 섬세한 조직에 좀 더 치열하였더라면 하는 부분도 발견된다. 그러나 많은 시들이 완성에 육박하며 반짝이고 있다. 앞으로 단련의 시간이 더할수록 절편도 더할 것이다.

한선자의 시는 색채로 치면 한마디로 싱싱한 푸른빛이다. 시인도 시도 계속 푸르고 푸르기를 바란다. 겨울을 이겨낸 봄배추처럼.